섬에선 바람도 벗이다

섬에선 바람도 벗이다

초판 1쇄 발행 | 2021년 12월 20일

지은이 | 강덕환
펴낸이 | 황규관

펴낸곳 | (주)삶창
출판등록 | 2010년 11월 30일 제2010-000168호
주소 | 04149 서울시 마포구 대흥로 84-6, 302호
전화 | 02-848-3097
팩스 | 02-848-3094

ISBN 978-89-6655-147-7 03810

* 이 책은 제주특별자치도와 제주문화재단의 2021년도
  제주문화예술지원사업의 일환으로 발간되었습니다.

섬에선 바람도 벗이다

강
덕
환

시
집

삶창

시인의 말

어쩌나
섬과 바람
이념과 생존
표준말과 제주 말
분단과 통일

이 불편한 동거 앞에
나의 언어는
여전히 어쭙잖다.
모자란 탓이다.

2021년 겨울

차례

2부　뼈와 살 맞춰 피와 숨 불어넣고

3부   아무 쌍 어시

4부   **꽃은 섬에서도 핀다**

1
부

이 섬에 내가 있었네

돌하르방

한 번쯤 목청껏 울어보길 했나
결판지게 어깨춤 들썩여보길 했나
한반도의 남녘 끝 외진 섬 그늘
깍지 못 껴 두 손 비비지 않은 게
목 굳어 머리 조아리지 못한 게
천형으로 남아, 늘 그 자리
요렇게 꼼짝없이 박혀 사는 몸이지만
휘어지거나 비틀리진 않았다

몇 번이던가
품은 주먹으로 내리치고 싶었던 게
툭 불거진 눈망울로 쏘아보고 싶었던 게
아하, 그럴 때마다
속울음 타들어 가슴엔 송송 구멍이 패고
살점 도려내는 풍화로
검버섯 돋은 주름진 세월

그래서일까, 애초부터

가진 것 없었으니
더 이상 빼앗길 것도 없어
따뜻한 이웃들이 있는 알동네에 산다
구석, 구석으로만 내몰리며
쫓기듯 살아가는 그들과 벗하며 산다

동자석

산다는 덧없음이
변죽에서 맴돌 때
오름과 이웃한 어느 무덤가
보일락 말락
나 여기 있노라 소리치지 않는
동자석과 벗해도 좋을 거라

콧날이 뭉툭하건, 입술이야 앙다물건
손매 고운 다듬질은 아닐지라도
가깝거나 멀어질 수 없는
꼭 그만한 거리에 마주 섰다가
산담보다 작은 키로 아장아장 걸어와
가슴에 모둔 손 내밀어 악수라도 청하거든
숭숭 뚫린 현무암의 열린 마음으로
덥석 잡아보거라

저승길 뚜벅뚜벅 밟아
돌이끼로 살아오고

미륵 닮은 넉넉한 미소도
배어 있을지 몰라

돌담을 보면

꾸불꾸불 이어진
돌담, 너를 보면
참 모나지 않아서 좋다

울담이건, 밭담
잣성이건 환해장성
흑룡만리 너, 돌담을 보면
거대한 흐름이어서 좋다

바람에 맞서 어찌
맺힌 한 없었겠느냐만
그럴 때마다 길을 내어
이기지 않고 다스리려 했거니

참고 참았다가 마지막 순간
이 세상에서 가장
아름다운 빛깔
시뻘건 불로 치솟았다가

화산회토와 벗하여

역사의 긴 강

이어가고 있거니

산담이 있는 풍경

오름 비탈이거나
어느 산야, 혹은
밭 구석에
자리를 차지하고 앉아

살피를 둘러
동자석을 품에 안고
끝끝내 버티어 선
무덤을 보았는가

골프장이나 리조트
들어서건 말건
미욱한 후손들
팔자 말자
흥성하건 말건

죽어서도
꼭 거기에 누워

제 땅 지키는
저 꼿꼿함

흑룡만리*

일러준 대로 불어주지 않았다, 바람은
이레착저레착** 저들도 밤새 뒤척였으리라
그래놓고도 고스란히 지나치지 않았다, 바람은
숭숭 뚫린 돌담을 여지없이 무너뜨렸다, 설령
그렇더라도 바람아, 이 몹쓸 녀석아
돌담이 바람에게 욕하지 않았다
다만, 아귀가 맞지 않아 공글락거리면***

몇 번이고 돌리고, 뒤집고, 빼고, 받치기를
서슴지 않았다, 오히려 돌담은
바람을 다스리고 길을 내주었고
바람은 모서리를 원만하게 다듬어
벗이 되고, 이웃이 되고, 마을이 되고
더욱 단단한 줄기를 이어갔다
마침내 꾸불텅꾸불텅 흑룡만리 역사를 쌓았다

* 黑龍萬里, 제주의 돌담을 일컫는 별칭.

** '이리저리'의 제주어.

*** '흔들거리다'의 제주어.

새철 드는 날

보낼 것 보내고
내줄 것 다 내주어
가난하지만 부끄럽지 않습니다

땅속 깊게 촉수 뻗어 길어 올리고
안간힘으로 햇살 끌어모으던
날들이 있었기에 넉넉합니다

이제 시작해도 늦지 않습니다
바람이 일러준 대로
구름이 빚어준 대로
작고 느리지만 꼿꼿이
견뎌왔으니 다시
걸어가야 하지 않겠습니까

새싹 돋을 자리가 간지러워
살비듬 털어내는 입춘 날 오후입니다

봄풀의 노래

짓밟혀 억눌린 서러움쯤
힘줄 돋운 발버둥으로 일어서리라
아무도 거들떠보지 않는 후미진 구석
모로 누워 새우잠 지새우는
목 타는 들녘의 얼룩진 밤에도
가녀린 목줄에 핏대 세우며
흔들림도 꼿꼿이 서서 하리라
없는 듯 낮게 낮게 엎디어
봄을 예감해온 눈빛끼리
밑동에서 길어 올린 자양분
은밀하게 서로 나누면
인동의 단맛 스미고 스며
마침내 열리는 눈부신 봄날

서천꽃밭*

나는 지금 너무 먼 곳에 와 있다
둘러보니 무더기무더기 꽃판이다
이대로 살아버릴까 보다, 한 백 년
꽃감관**에게 의뭉이라도 써서 개기면
받아줄런가 몰라
바람이 길 따라 불지 않듯 나 여기
죽었나 살았나 모를 일이다
좋다, 이제부턴 그대의 뜻이다
야윈 시대에 배때기에 치부했다면
살 도려낼 꽃을 다오
불의에 눈감아버렸다면
피 마를 꽃을 다오
다만, 이승 세계 오장육부 헤가르는
싸움과 탐욕, 죽임과 울음이 난무하였다면
화해꽃 나눔꽃 환생꽃 웃음꽃을 다오
한 짐 가득 짊어지고 돌아가야겠네
봄잠 한번 크게 잤다 기지개를 켜며
아직은 천천히 오라는 그대의 뜻임을

알아차리겠네

* 제주 무속에서 인간 생명의 근원이 되는 환생꽃과 멸망을 주는 주화(呪花)를
가꾸는 곳.
** 서천꽃밭을 관장하는 신.

떠도는 섬

사는 일이 얽히고설켜
울컥해질 때, 비양도 거기
오름 꼭대기
하얀 등대에 기대고
한라산을 타고 오는 마파람
혹은 태평양을 일렁여오는
하늬바람 소리
실컷 들어보게나

우리네 삶도 떠돌고 있었거니
이 섬도 흐르고 있었거니
그러다, 게 섰거라 호통에
잠시 닻을 내려
좌정하였거니
머문다고
고인다고
멈춘다고
굴복이 아니다

이 섬에 그가 있었네

—두모악 김영갑을 얘기함

포말로 부서지면
쉽사리 달아날
파도인가 했었네

한 밤 자고 나면 사그라질
안개인가 했었네

외진 섬 귀퉁이에
풀씨로 날아와
척박한 토양에
뿌릴 내릴 때만 해도
건듯 불다가 그칠
바람인가 했었네

하필이면 여기였을까
그는

어디든 깃들어

못 살 리 없겠지만
먼 곳을 돌아 마침내 닿은
유배 일번지에서

토종으로 살고자 했네
가진 것 적어도
살 비벼 시린 체온
녹이는 것만으로 한낱
쓰임새가 된다면

기다림의 맨 끄트머리에서
막막한 어둠 지나 새벽은
더디 온들 무슨 상관이랴

렌즈로 겨냥하는 세상은
황량할지라도
손끝에서 농익은
미세한 떨림이 있기에

알 만한 사람은 알 것이네
바람을 그러모아도 향기가 있음을

들을 수 있을 것이네
힘줄 돋운 발버둥으로
흘러가는 시냇물의
나지막한 이야기를

이 섬에 그가 있음으로

중덕바당*

배고픈 섬
어진 백성들에게
다투지 말고
금 긋지도 말라며
곱디고운 자청비
메밀씨 구해다 뿌리고 가꿔
수제비 한 양푼
넉넉히 끓여주셨는데
저녁상 물릴 겨를도 없이
붉은발말똥게야, 이제
떠나라 하네, 떠나라 하네

* 제주해군기지 건설로 사라진 서귀포 강정마을 앞바다.

육성회비

회비를 내지 않아 매를 맞았다
약속을 지키지 않았다는 거였다
오일장에서 깨를 팔아 준다고
어머니가 약속했고, 나는
선생님께 그렇게 전했고, 하필 그날
비가 억수로 와서 오일장이 서지 않았는데
매를 맞은 건
어머니도 아니고, 비도 아니고
오일장도 아닌 왜 나였지?

다음 주엔 낼 수 있겠지
이번엔 두 달 치를 한꺼번에 내고
야코죽지 말아야지
회비를 낸 사람을 부를 때
어깨를 으쓱거려야지
변소 청소에서 벗어나야지
낼모레 동동
오일장아, 빨리 오라

풀무치

　빈 몸 하나라면 너끈하겠지만 안아도 보고, 업기도 하고, 그것도 여의치 않으면 잠시 부려 쉬면서도 아들 녀석 건사하며 오름 오르기가 수월치 않습니다 이제야 말을 익혀 노란색, 보라색 풀꽃 이름들 물어오지만 어, 어, 그래, 그래, 대답할 새도 없이 숨이 턱에 찹니다 가까스로 올라간 정상에서 자 봐라, 저 분화구는 네가 태어난 자궁이다 애비의 등을 타야만 볼 수 있는, 심연의 저 밑바닥

　분화구 주위를 한퀴 돌다가 풀섶에 웅크린, 어미 등에 업힌 애기 풀무치를 보았습니다 녀석이 살금살금 다가가 잡았습니다 멀리 날아가는 습성을 어미는 잊고, 애기는 익히지 못했습니다 한꺼번에 두 마리씩이나 잡았다고 환호하는 사이, 어미의 입가에선 흙색의 진물 흐르고 내 입에서도 단내가 납니다

　가만히 놓아주고도 따로는 멀리 떠나지 못해 주위를 서성이는 풀무치 부자였을 거라고 믿으며 돌아온

날 저녁, 녀석은 오히려 나를 어르며 아픈 허리 꾹꾹 밟
아줍니다

달그리안

삼촌을 '삼촌'이라 하지 않고 '삼춘'이라 기사를 쓰는, 섬 속의 섬 우도에 신문이 있다. 검멀레해변 해식동굴 안으로 햇빛이 들어오면 낮에도 두둥실 달이 뜬다는 '달그리안' 그 이름을 문패로 단 마을 신문이 있다.

이천십칠 년에 창간한 이래 연륜이야 보잘것없지만, 삶과 문화를 기록하며 계절마다 색다른 표지 사진을 떠억 하게 앞장세우고 '그땐 경허멍 살아수다' 옛사진 속에서 잊고 지낸 추억을 소환하고, 어르신들을 인터뷰하여 삶의 지혜를 찾아낸다. '고치글라' 마을길을 소개하고 음식과 미담을 아낌없이 전해주는 사이, 후원자도 곱에 곱빼기로 불어나는 사이, 마을 신문을 바라보는 불편한 시선 때문에 사무실로 쓰던 공간을 뒤로하고 떠나야 했던 타블로이드판 『달그리안』이 있다.

말하지는 않았지만 안다. 이백만 관광객이 찾아드는 이 섬을 '밤을 여는 명품 섬'으로 개발하자는 데에맞서 '한 편의 시詩 같은 섬'으로 지키자는 절규가 밴

탓임을 모르지 않는다. 황금알을 낳는 거위가 생산력이 다해간다는 이 고장 출신 대학 총장의 탄식은 제주 본섬의 미래와 맞닿아 있음을 말하지 않아도 알 수 있다. "달과 빛 경쟁하려는 별이 되지 말고, 달빛 이불 포근히 덮은 소소한 꽃 한 송이가 되렴"이라고 격려를 보내는 출향민의 기고도 짱짱하게 실리는 독립신문 『달그리안』이 주민들과 벗하여 우도에 살고 있다.

샛알오름

참, 이런 얘기 꺼내기가 영 내키지 않지만
옛날 제주 대정 알뜨르 옆에 알오름 삼 형제 살고 있
었지
동쪽엔 동알오름, 서쪽에 섯알오름, 가운데엔 샛알
오름
울담을 따로 두지 않고 네 것 내 것 가릴 것 없이
어깨를 겯고 사이좋게 살고 있었는데
이 중 샛알오름은 족보에도 있는 둥 마는 둥
봉근둥이 다슴애기*처럼 이리 굴리고 저리 차였던
거야

참, 이런 얘기 꺼내기가 영 내키지 않지만
일제는 어땠는지 알아?
오름 발치에다 제주 백성 고혈 빨아 비행장을 만들고
꼭대기에는 비행장 공습에 대비한 고사포 진지
그것으로 모자라 아아, 배 속 창자를 뚫고 등뼈를
부숴
트럭이 다닐 만한 진지 갱도를 만들고

참, 이런 얘기 꺼내기가 영 내키지 않지만
이제는 뭘 하려는지 알아?
팔자도 기구하지, 오름이 아예 사라질지도 몰라
휴양 체류 시설을 짓고, 문화 편익 시설을 만든대
뉴오션타운을 만들어 국제정상회의가 가능한
6성급 호텔을 지어놓고 제주 관광 메카로 만든대
이럴 때마다 양념으로 들어가는 게 있어
지역 주민 소득 증대, 지역 경제 활성화

참, 이런 얘기는 작정하고 꺼내야겠네
제주의 남쪽 끄트머리 송악산도 볼 겸
샛알오름 여기, 조만간 와서 보시게
쾌청한 날이면 좋을 걸세
산방산, 그 너머 한라산, 바다에 둥둥 형제 섬
석양 무렵 금빛 물결에 출렁이는 가파도, 마라도
이곳 풍경 사라지기 전에 서두르시게
바람 팡팡 부는 날이면 더욱 좋을 걸세

옷깃 여미지 않고서는 느낄 수 없는 속살
제대로 느끼시려거든 샛알오름 이곳에서
안돼안돼절대안돼 성난 파도 소리 듣고 가시게나

* '주워 온 의붓자식'이라는 뜻의 제주어.

2
부

뼈와 살 맞춰 피와 숨 불어넣고

4·3이 머우꽈?

기억 투쟁 70년을 맞으며
중학원 교복을 입은 아이와
하얀 적삼에
고무줄 검은 일바지를 입은 어머니가
동백 꽃송이 가지런히 받쳐 들고
43쪽짜리 포켓북에서 묻습니다
도대체 '4·3이 뭐우꽈?'에
43자로 답합니다

해방정국 제주에서
탄압에 저항하고
통일 독립을 위해
봉기한 주민들을
가혹하게 학살한
미증유의 대참사

이렇게 말할 수 있다면
4·3평화기념관 들머리

누운 채 있는 백비를 으라차차

일으켜 세울 수도 있을 것 같습니다

저항

오도낮이
이신 사름
밀껑이
거셔가민
누게가
고영이
이시커냐?

와들랑
뒷사불주

게미융헌 쉬상*

몬 모지려불곡
젠게 어서노난
직산헐 디도 이심이랑 말앙

터진 창곰으론
석석헌 브름만
솽솽 들이치곡

벌직은 펀펀헌디
무사 식겐 재게 옴광
가살 질은 먼먼헌디
무사 짐은 벤벤험광

경해도
죽굼 살굼
혼시반시 어시
기염시난
게미융허게

붉아와라게, 쇠상이

* 희끄무레한 세상.

공소기각

만세를 불렀다, 대한민국
해방의 기쁨보다 열렬하게
대에한미인국 짜자악작 짝짝
수백 번을 외쳐도 물리지 않았다
마을회관 옆 비석거리
월드컵은 딴전이었다
영세불망비, 선정비
충혼비, 참전용사비
전기가설기념비, 송덕비에
골고루 오줌발을 주던
말모르기 말젯삼촌
무자·기축 군법회의 재심에서
하르방, 할망 무죄
공소기각 결정이 내려졌어도
끝내 만세를 부르지 않았다

다시, 도령마루에서

성 쌓고 가시 둘렀던
단절과 고립의 이 섬에
설쇠 소리 띠딩~띵
장구 소리 토동~톡
해원과 상생의 굿판
벌였네, 일흔 해 넘고서야
뼈와 살 맞추고
피와 숨 불어넣고
가까스로 환생꽃 뿌려
새 생명 얻었으니
쓰러져 신음하던
이름까지 바루었으니
모골송연(毛骨悚然) 사라진
이 고갯마루에
소풍으로 와도 좋을 거라

가메기 모른 식게*

삼백 년 넘게 안동시 임동면 마령리 이식골에
남평 문씨 종택이었다가 댐 건설로 이제는
검바우길로 옮겨 앉았다는 까치구멍집에서
가메기 모른 식게 올렸습니다

지방을 써 붙이고
소반에 조촐하지만, 정성으로 제상 차려
유세차 모년 모월 모일 무릎 꿇고
감소고우(敢昭告于) 독축하였습니다

해방공간 단선 단정 거부의 대가로
대한민국 사형수 1호를 가슴팍에 붙이고 떠난
그 영혼이나마 내알현(內謁見)하러 이제야 찾아왔
음을
너무 나무라지 마시옵소서
근이청작서수(謹以清酌庶羞) 흠향하시고
정당한 역사로 뚜벅뚜벅 걸어 나오시기를
음복 잔 나누며 간절히

빌고 또 빌었습니다

* 까마귀도 모를 (정도로 숨어서 지내는) 제사.

백비*

어떠난
써넝헌디
눅정
내불어시니게

오꼿
일려세와불자녕

* 제주4·3평화기념관 들머리에는 정명(正名)을 기다리며 비석이 누워 있다.

살처분

전염병이 퍼지지 말라고
이미 감염되었거나 접촉 가능성만으로도
울타리 안이나 주변 모든 가축을
죽여야 한다, 그것을 살처분이라 한다

폭동을 일으키거나
적을 이롭게 할 우려가 있는 자를
살처분했던 골령골, 가축처럼
제주, 여수, 대전, 또 어디에서
수형인, 보도연맹원, 혹은 좌익혐의자
포승줄에 묶여 온 수천의 죽음들

멸치젓 담듯 버무려진 그 위로
뼈와 살은 흙이 되어 그 자리에 풀잎이 돋고
피는 이슬이 되어 풀잎에 영롱하더니
햇볕이 받아 간 체온은
꽃을 피우고 열매로 맺히는 사이
골령골의 사격 개시, 확인 사살, 좌익 꼬리표

못 본 척 눈감고, 아닌 척 뒷짐 져버린 건
아닌지 몰라 우리는, 가축처럼

노근리

눈 감아도 보이리라
동그라미, 세모, 혹은 네모
쌍굴다리에
기호로 새겨둔 반세기
외눈박이가 아니다
시퍼렇게 두 눈 부릅떠
진실을 기억하고자 함이니
그 밑을 실개천
흐르고 흘러 진실을 알리려는 발버둥임에
차마 그대로 지나치지 못해
달도 머물러 간다는
저 멀리 월류산
마그마로 흐르다 언젠가
꼭 터지고 말 활화산이다

관탈섬을 보며

모든 인연 접고 우선
저 무인의 섬으로 가자
'순지오름 꽃놀이'* 뒤로하고
곽개창파 일렁이는 저 해협에서
삭탈(削奪)의 통한
잠시 숨 골라 잠재우고

다시 돌아올 기약이야 없다마는
떠나야 하리, 등 떠미는
이산의 길에
눈에 밟히는 한라산, 도두봉
그리고 아버지의 마지막 당부
"내 눈이 닿는 곳에서는 죽지 마라"

반세기 만에 찾아와서 본
저 돌섬, 그대로인데
시인**의 눈엔 이슬인 듯 눈물이 맺힌다
회한과 그리움만이 아니다

아직도 이념의 갓[冠] 벗지 못해

흥정하는 이전(泥田) 탓이다

* 시인 김시종이 증언하는 4·3봉기의 신호탄을 알리는 암호문.
** 김시종 시인.

톱니바퀴는 구속되지 않는다

거대한 기계를 돌리는 톱니바퀴가
자기 하나 빠지면 우렁차게 돌던 기계도
멈춘다는 사실을 차마 몰랐을 거다

자기는 그저 부속품에 지나지 않는다고 2차 세계대
전에서 유대인 학살에 총칼을 들이대지 않았다고 아
우슈비츠 수용소에서 회계원으로 일하며 이송되어오
는 수용자들의 물건과 돈을 빼앗았던 게 무슨 대수냐
고, 가스실 운영이나 생체실험에 눈을 감아버렸을 뿐
이고, "나는 큰 기계의 작은 톱니바퀴에 불과했다"라
고 항변하던 아흔 살이 넘은 그*에게 70년이 지난 재
판에서 징역형이 선고되었다. 증언에 나섰던 생체실
험 피해자였던 그녀**는 "선은 절대 분노로부터 오지
않는다. 호의는 언제나 분노를 이긴다"며 그에게 다가
가 키스를 한다, 포옹한다, 용서와 화해의 깃발이 펄럭
인다, 구속시키기엔 너무 지체했다

　톱니바퀴는 여전히 구속되지 않고

녹이 슬었던 거대한 기계 역시

기름칠하면 다시 돌지도 몰라

국립현충원에 4·3의 톱니들이

아직도 훈장을 박탈당하지 않은 채

건재한 것을 보면

* 오스카어 그뢰닝(독일인, 1921년 6월 10일~2018년 3월 9일).
** 에바 모제스 코르(유태인, 1934년 1월 31일~2019년 7월 4일).

산란이 들판

개월이 넙거리 너머 궤펜이오름
한라산을 배경 삼아 왠지
산란이라 부르고 싶은 들판에 서면
원래 싸움터였단다, 여기는

크엉크엉 우룩맞추던 노루도 숨을 죽이고
생솔가지 뚝뚝 분질러지는 소리에
화들짝 산새들도 몸을 움츠리던
그해 겨울

동상 걸려 짓무른 발가락 고름 짜내며
산죽을 헤쳐 소식을 전하던 척후병의
다급한 목소리, 등허리에서 뿜어져 나와
눈밭을 벌겋게 물들이던 시야혈천(屍野血川)

볼레나무 열매 한 줌 움켜 먹어 피똥을 싸고
멩게낭 마른 가지로 불 피워 밤새 언 손 녹이던
남원에서 표선에서 조천에서

여기까지 떠밀려온 피난민들의 한뎃잠도
별똥별로 무너지던 숱한 밤

겨울 지나 다시 그 싸움터
빈 숲에 서면 바람 소리에 묻어
김의봉 부대의 암호가 올지도 몰라
아물지 못하는 계절이 흐르는 사이
산철쭉 숱하게 피고 지며 검버섯으로 엉켰다

4·3특별법 개정을 아룁니다

유세차 신축년 사월

한라산이 굽어살피는 이곳 위령 제단에서

부복하여 삼가 향을 사르옵니다.

들녘에서, 골짜기에서, 백사장에서, 육지 형무소에서

희생되신 숱한 4·3 영령들이시여!

4·3이 발발한 지 올해로 일흔세 해입니다.

살은 녹고 뼈는 삭아버린 세월입니다.

이제나 오카, 저제나 오카

올레 어귀를 감돌아오던 바람 소리에도

버선발로 뛰쳐나가던 칭원한 세월이었습니다.

무엇보다도 영령들께 덧씌워진 빨갱이라는 낙인이

저희에게까지 꼬리표로 남아

연좌제의 굴레에서 벗어나고자

얼마나 발버둥을 쳐야 했습니까.

그 세월을 이겨낸 우리 후손들에게

'4·3특별법 개정'이라는 단비가 내렸습니다.

억울한 옥살이를 해야 했던 수형인들에게도

무죄판결이 선고되었습니다.

앞으로 가야 할 길이 순탄하진 않겠지만

오늘 하루쯤 목 놓아 울어도

너무 나무라진 마시옵소서.

그 사연을 누구보다 먼저 영령들 앞에 아뢰고자

정성으로 제물을 진설하여 옷깃을 여밉니다.

그러니, 영령들이시여!

한세상 제대로 살아보지도 못하고

삼태기만 한 봉분 하나 마련해드리지 못한

미욱한 후손들의 눈물을 이제랑 닦아주십서.

이승과 저승 사이에 갇혀 오도 가도 못 하여

바람길, 구름길에 떠돌던 서러운 영혼들이시여!

그동안 맺혔던 분노와 증오, 원한과 슬픔에서 벗어나

다시는 이 땅에서 맑고 고운 역사로만 채워주십서.

거듭 바라옵건대, 저희가 가는 길이 비록 서툴어도

정의와 평화가 넘실대게 두루두루 보살펴주시기를

간절히 바라옵니다.

상향

어떤 여론조사

아는 사람은 알 테지. 정부가 수립되기 한 해 전인 1947년 7월, 조선신문기자회가 일제에서 해방된 조선 백성들의 생각이 어떤지 들어보려고 서울 시내의 중요한 거리로 나갔던 거야. 저물녘이었지. 오후 다섯 시부터 한 시간 동안 열 군데에서 지나가는 사람 이천사백아흔다섯 명을 붙들고 물어보았어. 앞으로 정부가 수립될 텐데 그 정부는 어떻게 하면 좋겠냐고. 그때 백성들이 뭐라고 대답한 줄 알아? 너는, 백성들이 어떻게 반응했던 그게 뭔 대수냐고 되묻겠지. 아니야, 아니야. 그래도 다시 들어봐. 이 씨팔, 이십팔 주년 그해 삼일절 기념식에서 제주 백성들이 관덕정 마당에서 인공기를 들고 "정권은 즉시 인민위원회로 넘기라!"고 외쳤던 것을 생각한다면 그냥 넘어갈 일이 아니야. 그래, 그러면 도대체 뭘 물었고, 뭐라고 대답했는데?

우리나라 이름을 뭐라고 했으면 좋겠어,라는 물음에 대한민국이요,라고 대답한 사람은 이십사 퍼센트. 조선인민공화국이요,라고 대답한 사람은 글쎄, 칠십 퍼센트나 되었대. 그러면 당시에는 모두 빨갱이 물이 들었던 거야? 심각했었네, 이 나라 미래가. 오해는 말아, 김일성의 조선인민주주의공화국이 아니고, 여운형이 주도했던 조선건국준비위원회의 또 다른 형태인 조선인민공화국이라는 말이야. 인민이라는 말만 들어도 섬찟했던 허리 잘린 반도의 통증이 거기에도 있었던 거야. 정권 역시 각 지방의 인민위원회가 잡았으면 좋겠다는 여론이 칠십일 퍼센트나 되었지. 이건 만일인데, 만약 백성들의 여론을 따랐다면 지방자치도 일찍 이뤄졌을 텐데 말이야.

당시엔 토지를 개혁해야 한다는 여론이 비등하기도 했지. 그래서 물었어. 여러분! 토지는 어떻게 개혁했으면 좋겠어요? 유상몰수 유상분배, 무상몰수 무상분배, 유상몰수 무상분배, 보기에서 고르라고 했더니 무상몰수 무상분배가 육십팔 퍼센트가 나왔어. 당시나 지금이나 부당하게 얻은 땅은 쫙 그러모아 공짜로 나눠주는 게 맞는 거라고 백성들이 생각한 것 같아. 그런데도 그러한 여론조사는 미군정에 의해 철저히 무시되고 그들만의 입맛에 맞는 길로 가버린 것이지. 믿지 못하겠다면 다른 결과를 보여줄게. 이 여론조사는 해방되던 다음 해, 그러니까 1946년 8월에 그들 미군정청이 실시한 바 있는데, 어떤 정권 형태를 좋아하는지에 관한 물음에 자본주의 십사 퍼센트, 공산주의 칠 퍼센트, 모르겠다 팔 퍼센트, 그리고 사회주의라고 응답한 사람이 칠십 퍼센트나 되었대. 인제 와서 왜 이 말을 하느냐고? 마치 구겨지고 빛바랜 사진을 보는 것 같이, 아프니까.

그릅서, 가게마씀

이래덜 오십서
안자리에 앉으십서
다랑곳 더렁굴에서
징준이 함박이굴에서
너븐드르 방일리에서
새비리 모롬에서

한날한시에
죽지도 못허영
고넹이동산에서
배염나리 바게밧에서
걸시오름 어스승 곶자왈에서
소개 내린 도두리 돔박웃홈에서
오도롱 호병밭에서
이래 돌악
저래 곱악
삐어졍 댕기단 죽곡

태 솔아분 디서도 못 죽엉
육지더래 실러불곡
바당에 드르쳐불엉
어떵 되어분처래도 몰르게
좀팍만 헌 봉분 하나
어신 영혼님네

원미 그릇에 수저 걸치곡
청감주 올령
이제사 오십센 청허염시매
하다 칭원허게 생각말앙
도똣헌 안자리로 오십서

젖은 옷 이시민
잽찔앙 몰류곡
하근디 뽀삼시민
여점 직산했당

그룹서, 이디서 몽케지 말앙
그룹서, 조손덜신디랑
놈이영 궂은 일 어시
잘 살암시랜 골아두곡
아흔아홉 골머리 굴미굴산
그 질로 우터래 군장 가민
어리목 미여지벵디
그 너머 족은드레왓광 큰드레왓
거기가 청산이도
서천꽃밭 아닙디가

일흔 해, 여든 해
백년이 보디어가도
아직도 눈곰지 못헌
칭원헌 원혼덜
헤쓰곡 가르쌍
그믓 굿잰허는 쇠상
춤 탁탁 박가뒹

보름질, 구름질에
재게 그릅서
이제 다 털어부러됭
가게마씀

4·3, 유엔에 가다

날은 페완 보난 이천십구 년 유월 스무날이랍디다. 먹을 거, 입을 거 어선 원조라도 호썰 줍센 허는 거 아니우댄, 옷광 밥은 봉강도 입곡 얻엉도 먹는 거 아니우꽈 허멍 동골락헌 지구 반바쿠 돌안 가난 이야기를 도시려보쿠다.

째끌락헌 한반도, 반착으로 갈라진 나라, 그것도 남쪽 끗댕이 제주라는 좀팍 엎어논 거 닮은 섬에서 널른 널른 헌 미국 땅, 그것도 세계평화의 심장이랜 헌 뉴욕에 이신 유엔 본부 건물에 들어산 4·3 때 돌아가신 영혼영신네 해원해주곡, 무사 죽여부러시녠, 그 책임을 느네가 져살 거 아니녠 웨여대기젠 헌겁주.

아척 인칙 조반 촐련 먹어아정 그디꼬장 가는디 호루해젼 걸립디다만, 숨 보뜨게 와리멍 간, 가심에 담앙 존뎌 온 는착헌 일덜을 곧건 들어봅센 허멍 들어사는디, 허리띠도 풀라, 신발도 벗어보라 무사 검사헐 것도 함디사. 낯도 물도 설곡, 서늉광 말도 토나부난 무신거랜 닝끼리는지 몰르쿠다마는 더 늦어불민 안 될 거 닮안 일흔 해만이 강 보거들랑, 건물 베껠디 사름 죽이는 권총 졸마묶어분 거 봐집디다. 총뿌렝이 나가지 못허게 잘헌 일입주. 그거 떼영 줘시민 골갱이나 하영 멩글고정 헙디다만. 게나제나 이 공서 올리젠 허민 윈미그릇에 수저 걸치곡 청감주 올령 설쇠 소리, 장구 소리도 궷고냥 똘라지게 울려살건디 '하나님 아부지 아멘'허는 나라라부난 경도 못 허컵디다.

해방되연 그르후제 흙은 나라덜 지네냥으로 펜짝 갈랑 쌉당 보난 그 트멍에 잽졍이서난 좀진 제주 사름덜 미삭미삭 죽여분 게 4·3 아니우꽈. 그추룩 해부러뒁 안 했고랜 마니마니 털어불민 누게가 이 칭원헌 일을 발류와줍네까. 허우튼곡 벌르멍 쌉고정 해도 고벳이 골으커매 요레덜 아자봅서 허연, '제주4·3유엔인권심포지엄'이랜 헌걸 간판 걸어놓허여십주. 귀눈이 왁왁허게 하영덜도 와십디다. 직깍 담아져노난 삭삭 더워도, 무사 미국 정부는 지네가 책임이 있고랜 흔곡지도 안 고람시녠, 잘못했고랜 골아보랜 해도 속솜허연 말아붑디다. 높은 사름덜, 짚은 글 헌 사름덜, 진실이여, 책임이여, 용서여, 화해여, 골아난 말 골앗닥 골앗

닥 헙디다만, 그걸로 매기독닥. '제주도민덜 몬딱 노벨
평화상 줘사 헌다'엔 곧는 사름도 이십디다만 게매 양,
언제민 이 일이 졸바로 발류와질건디사.

3
부

아무 쌍 어시

여름날

캉캉 물른 조팥디
세 불 검질 매 살건디
벌레기 제완지, 복쿨, 고냉이쿨
간세터럭 하울하울 쇠터럭
조침아장 조근조근 매당 봐도
조롬더레 뵈려보민
흘쳐분 거 하영 이성
어멍은
무신 일성머리녠
골갱이 조록으로
내뀔기곡

아무 쌍 어신 검질신디
포마시허멍
흙은 검질은 둥경 매곡
좀진 검질은 그너불멍
모지림 반, 맴 반 조삼시민

해 주물암져, 이젠 글라
푸더지멍 밭 도더레
듣던 여름날

혼잔해불게

글라, 혼잔해불게
날 우치젠 햄신디사
웃둑지도 뽀삼져

벨헌 안주 이시커냐
잘 돼긴 된장에
숨은 느를
마농지만 이서도 되주게

경해도 오널랑
늘랫내 나는 걸로 다대기카?

날랑 인칙생이 강 이시커매
늘랑 몽캐지 말앙
조롬에 보짝 조창오라 이?
버데 혼잔해불게

틈

솥 강알에서
밥 솝당
부ㄲ민
흐썰
뵈우겨산다

꼰다분이
틈
재와사느네

들러퀴는
쇠라시민
석 심엉
확!
홍이주만

부애 부껑
놉드는 사름도

와려가민

틈

재와사느네

비념

푸더지곡
다대경
헐리난디
코~ 오
햄시매
붕물지 말앙
오고생이
나사불라 이?

그게 그거

하영 먹엉
흙으게 싸나
족영 먹엉
줌질게 싸나

그게 그거

시민 신냥
어시민 어신냥
살암시민
베롱헌 날
이실테주

엿, 먹다

쨀강쨀강 가위 소리, '엿 사라, 엿 사'로 들렸지
 놋숟가락이나 빈 병, 비료 푸대, 벌러진 솥도 받암수다
 혼저 옵서, 재게 옵서, 둘으멍 옵서

 흰 고무신, 고럼 갈 때 신으카 허영 하르방은 궤 트멍에 고영이 잽졍 놔두걸랑 분시어신 손지놈은 오꼿 들러아정 강 엿 사 먹어분거라. "양, 양, 엿장시 삼춘! 그걸랑 물러줘사쿠다" 허난 먹어분 엿 박가노랜허멍 노시 돌롸주지아녀가난 홀 수 셔, 낭푼이나 바꽈보카 허영 울담 트멍에 몽크렁 잽졍 놔둔 할망 머리카락 아상 간 돌룡 와나시매. 그 보름에 엿판 조끗디서 주왁주왁허던 아이덜신더래 "요녀러 주식덜, 코나 코콜이 풀엉 댕기라" 허멍 손콥만씩 맛배기 엿 캐우리난, 좋댄, 들러퀴멍 벳살고치 뼈어정 돈당

 지름 장시 또꼬망은 맨질맨질
 엿장시 또꼬망은 푸달푸달

79

오몽

입바위에 아진 푸리
다울려졈고랜
무뚱도 거슨
넹겨졈고랜

ㄱ진 질 대껴부러
올레 베깬더레
발꼽데기 으쌍으쌍
나상 놉드는 서능팡

드르쌍 내불라
해볼래기 어신게

나대

보미곡
묵기민
신돌에 글앙
느실게 가냥했당

지들낭 그차당
드똣이 굴묵 짓엉
등땡이 노고록이
페와지게 살아봐시민

아무 쌍 어시

흐루해전
조침아자둠서
어떠난
때도 걸러가멍
굴툭이라?

누게가
즈들렴시카
아무 쌍 어시
물트락이
배설 뒈쌍

쉰다리

굴루이 냉경 내분 밥
쉰내 나는 고라
물에 좀앙
문작문작 혜왕

누룩
부끄는 거 보멍
건덥게 가냥했당

둔 거 캉
산도록이
드르쓰라

하영 먹엉
허데지랑 말곡

태풍 부는 날

브름은
이레착
저레착

밭담은
이레 공글락
저레 공글락

아부진
이레 화륵
저레 화륵

쌉지 말라

아멩
경허고대나
느나어시
골메드리곡
웃좌주멍

하다
쌉지덜 말라

싸왕 졸 게
ᄒ나 웃다

고짜 사불라

거슴손

하가민

싸와지느네

손모개길

자락

내글기구정

허고데나

속솜허영

조롬더레

고짜 사불라

글라

지만 몬여 가켄

놉드지 말곡

간세허멍 조롬에서

몽케지도 말라

버치민

ᄒ썰 쉬멍서라도

ᄒᆞ디 글라

쇠ㄱ치 꼬닥꼬닥

4
부

꽃은 섬에서도 핀다

촛불 2016

허드랑헌 것덜
해볼래기 어신 것덜
베르쌍 보벼불곡
가르쌍 동고리레
글라, 강
혼굿드르
어시대겨불게

탄핵소추의 겨울

외우 노다
가로각산
하근디 조롬 쓸멍
눕담성게마는

엄부랑이
뒈싸복닥
허대겨불멍
들러퀴엄성게마는

어마떵어리
오꼿
아사부러시녀게 원

재나 잘콴다리여!

말, 말 육성 목장

제주 조천엔
말 육성 목장이 있다
이곳에선 말이 태어나
경주마로 육성된다
씨말이 번식시킨다

서울 여의도에도
말 육성 목장이 있다
이곳에서 태어나는 말은
거짓말로 육성된다
증인들이 번식시킨다

숨이 차고
말이 막히는
박근혜 정부의 최순실 등
민간인에 의한 국정농단 의혹사건
진상규명을 위한 국정조사
청문회장이다

봄날

이게 나라냐며
촛불, 쟁기 삼아
겨울공화국 갈아엎더니
천만 함성으로
씨앗 파종하더니

바람 불면 꺼진다던
촛불, 들불로 번지고
얼음장 녹인 그 자리에
질긴 뿌리로 내렸습니다
이게 나라다며
싹, 뾰족이 솟았습니다
꽃으로 활짝 피었습니다
아직 열매는 맺지 못했습니다
더 기다려야 합니다

푸닥거리

궂은 새 따라올 때
궂은 잡귀 안 붙어오리
이걸 보니 잡귀로다
저승도 못 가고 이승도 못 오는
바람길, 구름길에 놀던 잡귀로다
갑을동방 친일로 놀던 잡귀
경신서방 독재로 놀던 잡귀
병오남방 유신으로 놀던 잡귀
해자북방 분단으로 놀던 잡귀
너른 마당 번개 치듯
좁은 마당 벼락 치듯
넋 날 일, 혼날 일 없도록
날로달로 통일로 풀어내자
산을 넘어가는구나
물을 건너가는구나
쑤어나라, 쑤어나
헛쉬이, 헛쉬

돌아눕는 계절

그슬린 겨울만이 마지막 여운으로 남아
햇빛 앉은 돌담 위로
발돋움하고 보는 아침이 열린다
먼발치로 다가서는 일상의 되풀이가
흙 묻은 껍질을 깨트리며 일어서고
맨몸으로 살아온 씨앗에게도
눈부셔 비비는 시간이 머문다
태곳적에도 요동(搖動)의 역사는
아침에서부터였을까
뿌리에서부터였을까
기다림에 살이 터져 새싹을 추스르는 대지는
본래는 한 덩이였던 육체를 둘로, 셋으로
수만 개로 가르는 아픔을 견디라 한다
하늘에 다다르려는 가지에도
아직 가리지 못한 한 뼘의 공간으로 남기를 빌며
계절은 이제 돌아누울 자리를 다독인다

초여름을 맞으며

필요한 것 있거들랑
모두 가지고 가라
마지막 헌신으로
먹구슬나무
홍자색 꽃잎 풀풀 날리는 어느 날

문득 와도 좋고
기별하여 와도 좋다
눈부셨던 날들은
성냥봉만큼의 알싸한 추억은
가지 끝마다 매달려 있기에
다시 시작하여도
늦지 않으리, 오히려 안성맞춤이리

병아리 깃털만 한 잎사귀들
한껏 부풀었으니 다들 불러 모아
한 뼘 한 뼘 더위 피할 그늘
만들어줘야겠네

여아대如我待

내게도 맘대로 세상을 넘나들 수 있는
저런 패스포트 한 장 있었다면
개항 압력에 굴복한 고종이
프랑스 신부들에게 줬다는, 저 증표

목에 걸까, 허리춤에 찰까
아니지, 품속 깊이 간직했다가
"나 이런 사람이오" 하고, 짠
내밀면 포교와 세금 포탈
폭행과 약탈도 눈감아줬던
무소불위 치외법권의 완장

"나를 모시듯 대접하라"
신축항쟁을 낳고
이재수를 참수하며
종말을 고하던 대한제국의
슬픈 허우대

어쩌다, 환갑

민족중흥의 사명을 띠고
오일륙에 태어나
"나는 공산당이 싫어요"를 배웠고
한국적 민주주의가 궁정동에서 저격당할 때
눈물 찔끔 흘릴 줄도 알았다

팔공 년 서울의 봄에
놈의 집살이처럼 오공이 꼽사리 끼어
'탁' 치니 '억'울한 죽음
어디 한둘이었으랴
제 깟 게 무슨, 나라를 구하겠다고
삼팔륙으로 맞짱 뜨다가
직사하게 얻어터지기도 하면서

새천년이 오기만 해봐라
살맛 나는 시절 오려니 했는데, 웬걸
적폐가 도처에 짱박혀 기생할 때
'이게 나라냐'며 들었던 촛불

코로나에 자꾸 흔들리는데

여기까지 오는 동안
먹고사는 일에 쫓겼어도
쉽게 타협하지 않았던 것들아!
모질게 굴었다면, 미안하다
낡아서 쓸모없기 전에 차라리
닳아 사라지겠네, 다짐한다
참, 설레고 벅차다

소원성취

어머님 젖가슴 같은
오름 둔덕 위로
빨간 해를 그려놓고
충청도에서 한문 선생 하는 시인에게
'허구정 헌냥 몬딱 되붑서'
새해 엽신 보냈더니
'좋은 말이쥬? 제주 말은 뭔 말인가 물유'
답신이 왔다

제주 말이 한자보다도
어렵나 보다
'소원성취'하라고 해버렸다면
단박에 알아차렸을걸

미안하진 않았다

날 봥 정다십서*

잡지사 기자 시절 표지 인물을 찍으러 한림 금능석물원엘 갔었지. 돌하르방을 깎는(혹은 다듬는) 장공익 어르신이 '대한민국 명장' 칭호를 받았을 때였던 것 같아. 석물원 곳곳을 살펴며 돌아다니는데, 어딘가 낯선 듯 익숙한 돌조각 작품을 만난 거야. '날 봥 정다십서'라는 작품이었지.

무슨 죄가 저리도 무거워서 '날 봥 정다십서, 날 정다십서' 되뇌며 가름도새기**처럼 마을을 돌았을까, 처량한 생각에 장공익 어르신을 만나 뵙고 그 사연을 여쭸더니 말인즉, 한 가정을 가진 어느 남자가 헛걸음을 걸었던 게 들통이 나 마을에 소문이 쫙 퍼진 거야. 지금이야 법으로 다스리면 그만이겠지만 그때는 마을 어르신이 판결을 내린 거지. 자, 이 북을 등에 지고 둥둥 두드리면서 '날 봥 정다십서, 날 봥 정다십서' 하면서 골목골목을 다니라고.

그 장면을 목격한 사람들은 손가락질을 하며 '쟤나,

잘콴다리여!*** 재나, 잘콴다리여!' 놀려대니, 다시는
그런 일 없이 개과천선하여 정직하게 가정을 잘 돌보
며 살았다는 얘기가 그 마을에 떠돌고 있더라니까.

* 나를 봐서 깨우치십시오.
** 발정하여 마을을 떠돌아다니는 돼지.
*** 그러게나, 잘코사니여!

분꽃, 하얀

조국 분단의 아픈 상처
문상길 중위의 흔적을 찾아 떠났던
그해 여름 안동, 그 시인의 집
전날의 까마귀 모른 제사상
음복술이 과했던 탓일까
이른 아침에 깨어 마당을 둘러보는데
하얀 분꽃이 하도 고와 분양하자고 했더니
그해 가을 까만 씨앗 받아들고 바다 건너
이 섬에 왔던 거라, 분단의 땅 남쪽 섬
해군기지도, 제2공항도 없는
비무장 평화지대로 만들려면
하얀 분꽃으로 뒤덮어버리자는 거야

겨울 동안 갈무리했다가 이듬해 봄
심었지, 싹을 틔우더라고 무럭무럭
여름이 들 무렵 봉오리가 맺힌 걸 보니
쉿, 남부끄러운 얘길 해야겠네
하얀색이어야 할 분꽃이 줄무늬로 변색하고

같은 가지에서 붉은 꽃도 피는 거라
화들짝, 그 시인에게 메시지를 보냈지
씨앗이 제주해협을 건너오는 동안
바람피운 게 아니냐고
제대로 돌보지 못한 죄 역모로 다스려야 한다고
남귤북지(南橘北枳)는 알고 있었지만
북백남홍(北白南紅)은 듣기가 처음이라는 항의에
하, 글쎄 차분히 더 기다려보라는 거였어

평화를 맞으려면 기다림이 필요한가 봐
기다렸지, 배신하지 않고 피어나더군
하얀 꽃들이 열대야가 기승을 부리건 말건
코로나로 사회적 거리를 두지 않아도
저녁밥 안치는 시간이면 활짝 피었다가
오므리고 피고 오므렸다 피어나며
맷집을 키워온 한반도 삼천리
분단의 나라에서 수줍게 수줍게 피어나
통일의 꽃으로 자라더라고

그래서 이참에 하는 말인데
남쪽 끄트머리 한라산 돌매화 데리고
상경하였다가 머뭇거리지 말고 비무장지대
철조망에 가로막혀 신음하는 금강초롱
같이 가자 손잡고 내쳐 달려
백두산 구름국화와 벗하면 어떨까
너, 하얀 분꽃아!

마농지 해방구의 돌하르방 시

김동현 문학평론가

글라, 마농지에 소주 한잔하게

강덕환 시인을 떠올리면 반사적으로 마농지(마늘장아찌의 제주어)가 떠오른다. 20여 년 전 지역신문 문화부의 신참 기자였던 나는 시인이 일을 하던 제주도 의회를 종종 찾았다. 시인이 제주도의회 제주4·3특별위원회에서 일하고 있었던 때였다. 그때만 하더라도 지역 문화부 기자는 딱히 출입처라고 할 곳이 없었다. 오전에 이런저런 예술 단체(단체라 해봐야 예총과 민예총 정도였지만)에 들르고 기삿거리 한두 개 겨우 건지면 다행이었다. 특종도 단독도 별로 없는 기사 마감을 끝내고 나면 뒤꼭지가 가려웠다. 변변치 않은 기사로 하루를 마감했다는 무언의 질책이었다. '어디든 나가서 뭐라도 건져 와라'는 눈총을 받으면 도리가 없었다. 사무실에서 나와 봤자 갈 데가 없었다. 낯가림이 심했던 초짜 기자 시절이었다. 그럴 때면 도의회로 갔다. 시인의 사무실은 도의회 한쪽작은 사무실이었다. 정규직 신분이 아니었던 덕에 작은 사무실을 지키는 사람은 시인뿐이었다. 갈 데 없는 기자가 시간을 때우는 데에는 이보다 안성맞춤이 없었다. 골방 같은 사무실에서 믹스커피 몇 잔을 연거푸 얻어 마셨다. 때로는 시시껄렁한 농담도 했고, 가끔은 4·3과 관련한 도의회의 동향을 귀동냥할 수 있었다.

  작은 골방 사무실은 입구부터 사람을 압도하는 육중한 철문과 자동문을 지나서 왼편으로 돌아, 청원경찰 휴게실 옆에 자리 잡고 있었다. 갈색의 낡은 새시로 된 작은 창문을 열어야 햇빛 한 줌 들어올 것만 같았던 그곳. 칠 벗겨진 테이블 위에는 박카스와 원비디와 믹스커피가 있었고 각종 보고서들이 책장에 가득했다. 4·3특별법이 제정되었지만 제도보다는 헌신과 사명감이 우선이었던 때였다. 아는 것은 없고 의기만 하늘을 찌르던 시절, 비분강개는 늘 나의 몫이었다. 목소리와 정의감이 정비례한다고 믿었고, 모든 일을 내 눈의 잣대로 잴 수 있다고 자신했다. 나는 거칠고 날카로운 목소리로 한참을 내질렀다. 스파링을 하듯 아무나 라운드에 올려놓고 원투 잽을 날렸다. 날 선 이야기들을 어느 정도 쏟아놓고 나면 시인은 종례처럼 "글라, 마농지에 소주 한잔하게"라고 말했다.

'글라'라는 말은 책상머리 분노를 잠재우는 주문과도 같았다. 마구잡이로 쏟아내는 분노도 '글라'라는 시인의 말 앞에서는 잠잠해졌다. 비분강개의 무작위가 늘 옳았던 것도 아니었을 테지만 '글라'라는 말을 들으면 나는 왠지 모르게 마음이 풀렸다. 그것은 중구난방과 좌충우돌을 교정하는 지적도, 길들지 않은 종마처럼 마구 치닫는 울분의 질주를 피하는 외면도 아니었다. 거친 성정으로 쏟아냈던 말들을 되받아치는 반박은 더욱 아니었다. 한때 들끓었던 용암도 식어야 바위가 되듯이 한소끔 열기를 식혀야 단단하게 버텨서 파도를 견딜 수 있다는 무언의 안내였다.

"글라, 마농지에 소주 한잔하게." 그렇게 마농지에 쓴 소주 한잔 곁들이는 시간들이 있었기에 대략 난감의 그 시절을 버틸 수 있었다. 강덕환 시인은 그런 사람이다. 호들갑스럽지 않고 돌하르방처럼 제주를 살아온 사람. 말 많고 탈 많은 문화판의 야단법석을 '글라'라는 말 한마디로 정리하는 사람. 돌하르방처럼 항상 그 자리에 서서 온갖 투정들을 두 눈으로 이해하는 사람. 그가 '글라'라고 말을 하는 순간 '못난 놈들이 못난 놈들끼리' 함께할 수 있는 마농지 해방구가 만들어지곤 했다. 그 마농지 해방구에서 술잔을 기울이며 우리는 불의한 세상에 함께 짱돌을 던지곤 했다.(술이 과해 깨고 나면 자주 잊기는 했지만) 그곳에서 돌담을 쌓듯 마음을 모으던 순간들이 없었다면 우리의 술자리는 너무나 빈곤했을 것이다.

자기 긍정의 상상이 만들어가는 정체성

제주는 그의 시어를 키우는 비옥한 땅이다. 첫 시집인 『생말타기』를 시작으로 시인의 발은 땅을 외면하지 않았다. 1987년 6월항쟁 이후 제주에서 발행된 『월간제주』기자 시절 제주 4·3의 진실을 찾아 섬 곳곳을 돌아다녔던 그의 이력에서 알 수 있듯이 제주의 역사는 그에게 오랜 숙제였다. 섬은 언제나 그의 존재 근거였다. 섬 땅에 "꼼짝없이 박혀 사는 몸이지만/ 휘어지거나 비틀리진 않"는 자기 긍정이 시 곳곳에 단단히 자리를 잡고 있다. 누군가에는 뭍으로 가는 것이 최대의 희망일 수도 있지만, 시인은 그런 희망과도 단호히 결별한다. 잘난 놈들이 잘난 몸으로 살아가는 뭍의 시선에서 보자면 섬은 "한 번쯤 목청껏 울"지도 못하고, 그렇다고 "어깨춤 들썩여"본 적도 없이 "구석"으로 내몰린 곳일 게다.(「돌하르방」) "나 여기 있노라 소리"쳐보고 싶은 마음 어디 없을까. 하지만 그는 "가깝거나 멀어질 수 없는/ 꼭 그만한 거리에" 서서 섬 땅을 바라본다.(「동자석」) 가지 못한 뭍을 동경하지도 않고, 떠나지 못한 열패감에 사로잡히지도 않는다.

섬에 사는 의미를 묻는 것은 섬의 정체성에 대한 질문으로 이어질 수밖에 없다. 정체성이 주어진 것이 아니라 호명의 주체와 대상을 둘러싼 규정의 정치학이라면, 그것은 '누가, 무엇을, 어떻게 정의 내릴 것인가'의 문제이기도 하다. 시인의 질문은 고정되거나 상상된 정체성을 탐구하기 위한 것이 아니다. 오히려 자기규정을 둘러싼 정체성의 정치학, 그 치열한 현장에서 던지는 질문들이다. 때문에 그의 작업은 기원을 찾아가는 여정이 아니라, 자기 긍정을 통해 새로운 자아를 생산하려는 발견의 욕망에 가깝다. 정체성을 묻는 질문이 기원의 계보학이 아니라면 그것은 지금을 극복하는 하나의 생성이어야 하기 때문이다. 하나의 시어가 새로운 시어를 생산하는 토대가 되지 못한다면 그것은 무력한 자기 인정에 불과하다. 그것은 마르크스가 이야기했듯이 사랑으로서의 시가 되돌아오는 사랑을 생산하지 못하는 것이며, 무력하며 불행한 동어반

복의 자멸이기 때문이다.[1] 기원의 계보학이 아니라 지금을 극복하는 언어의 창조를 위한 궁극의 길이 시의 길이자, 끝내 당겨야 하는 시위일 것이다.

그렇다면 시인은 제주섬을 어떻게 인식하고 있을까. 한때는 '반역의 땅'으로 불렸던 섬, 언제는 '환상의 섬'으로 여겨졌던 섬, 그리고 이제는 개발의 욕망과 생태적 상상이 치열하게 부딪히는 전장이 되어버린 섬, 그 섬을 시인은 어떻게 바라보고 있을까. 시인은 "몇 번이고 돌리고, 뒤집고, 빼고, 받치기를" 하면서도 "바람을 다스리고 길을 내"준 "단단한 줄기"에 주목한다.(「흑룡만리」) 시인이 말하는 '흑룡만리'는 제주섬을 에워싼 제주 밭담을 비유하는 말이다. 검은 돌담이 끝도 없이 둘러쌓은 모양이 그야말로 검은 용이 구불구불 똬리를 튼 것 같다는 뜻이다. '흑룡만리' 제주 돌담을 이야기하면서 시인은 그것을 "단단한 줄기"라고 말한다.

<hr>

1) 이 구절의 전문은 다음과 같다. "네가 사랑을 하면서도 되돌아오는 사랑을 생산하지 못한다면, 즉 사랑으로서의 너의 사랑을 되돌아오는 사랑을 불러일으키지 못한다면, 네가 사랑하는 인간으로서의 너의 생활 표현을 통해서 너를 사랑받는 인간으로 만들지 못한다면 너의 사랑은 무력하며 하나의 불행이다."(칼 맑스, 최인호 옮김, 「1844년 경제학 철학 초고」, 『칼 맑스 프리드리히 엥겔스 저작 선집 1』, 박종철출판사, 1991, 91쪽)

잘 알려져 있다시피 제주 돌담 문화의 시작을 고려시대 제주 판관을 지냈던 김구(金坵)에서부터 찾곤 한다. 고려시대 문신 최자가 펴낸 『동문선(東文選)』의 기록을 근거로 삼고 있다. 하지만 돌담의 창시자이자 개척자로 판관 김구를 거론하는 데에 반대도 만만치 않다. 화산섬에서 흔하디흔한 게 돌담이고, 오랜 농경문화를 지니고 있던 제주에서 판관의 지시에 의해 비로소 돌담이 만들어졌다는 설은 그야말로 외부적 시선이라는 지적이다. 여기에는 근대와 전근대, 문명과 야만이라는 이분법적 위계의 내면화와 그에 대한 반성이라는 서로 다른 힘이 부딪히고 있다. 돌담 하나에도 뭍의 시각과 섬의 그것이 다르다. 그 다름을 시인은 "단단한 줄기"로 인식하고 있다. 시인에게 제주 돌담은 "아귀가 맞지 않"는 것들이 서로의 흠결을 다듬고, 바꾸며 무정형의 질서를 만들어내는 과정의 결과물이다. 돌담은 수평과 수직의 세계로는 만들어질 수 없었다. 단호한 직선이 뭍의 세계라면 "꾸불꾸불 이어"진 돌담들은 제주의 시간이 만들어낸 결과물이다. "모나지 않"은 "거대한 흐름"에 주목하는 시인에게 그것은 "이 세상에 가장/ 아름다운 빛깔"이자, "화산회토와 벗하여/ 역사의 긴 강/ 이어가고 있"는 증거이다.(「돌담을 보면」) 그것을 시인은 "거대한 흐름"이라고 부르고 있는

데 흐름이란 고정되지 않은 동시에 오늘에서 내일로 이어지는 운동을 생산하는 가능이다. 어제의 돌담이 오늘로 이어지고, 오늘의 돌담이 내일로 향하는 그 장대한 '흑룡만리'이기에 시인은 그것을 "단단한 줄기"로 인식할 수 있었던 것이다. 이것을 자기 긍정이 만들어가는 정체성의 창안이라고 말할 때 이러한 창안은 무엇을 향해 가야 하는 것일까.

표준어로는 담을 수 없는 말들의 범람

시집의 1부에 자리 잡은 시들이 정체성의 창안을 위한 노래들이라면 2부에 놓인 시편들은 오랫동안 그를 붙잡고 있는 제주 4·3항쟁을 주제로 하고 있다. 1부의 시편들에 비해 직설적인 어법이 도드라지고 다양한 제주어를 구사하고 있는 2부의 시편들은 기억과 언어에 대한 그의 관심이 무엇인지를 잘 보여준다. 사실 지역의 기억들이란 지역의 말로 말해질 때 비로소 그 모습이 드러나는 법이다. 제주 4·3문학의 앞자리에 놓여 있는 「순이 삼촌」의 주인공인 '나'는 "깊은 우울증과 찌든 가난밖에 남겨준 것이 없는" 고향을 외면해왔다. "할아버지 제삿날"에 맞춰 8년 만에 "뱃멀미에 시달리며" 귀향한 주인공이 가장 먼저 만난 것은 "고향 사투리"였다. '순이 삼촌'의 그 기막힌 사연과 만나기 위해서 주인공이 고향의 언어를 만나는 이유는 분명하다. 제주의 기억과 만나기 위해서는 제주의 언어가 필요했기 때문이다.[2]

2부에 수록된 「4·3이 머우꽈?」, 「게미융헌 싀상」, 「가메기 모른 식게」 등 제주어를 전면에 내세운 작품들도 눈에 띄지만 「백비」같이 제주어로만 쓰인 시도 주목할 만하다. 뭍의 사람들에게 제주어는 난공불락, 요령부득이다. 「게미융헌 싀상」에서 '게미융허다'가 '불빛이 흐리고 약하다'라는 뜻이라고 부기해봐도 이해하기는 쉽지 않다. '게미융헌 싀상'은 그 말 그대로 '게미융헌 싀상'이라고 읽어야 그 의미가 오롯이 전달된다. 제주어를 쓴다는 것은 제주의 기억을 말해왔던 제주 사람들의 시간을 말하기 위해서다. 공식화된 표준어가 아니라 민중들의 입말들, 기억하지 말라는 강

2) 참고로 관련한 연구들을 소개한다. 김동현, 「'표준어/국가'의 강요와 지역(어)의 비타협성―제주 4·3문학에 나타난 '언어/국가' 문제를 중심으로」, 『한국민족문화』 57, 2015; 이명원, 「4·3과 제주 방언의 의미 작용―현기영의 『순이 삼촌』을 중심으로」, 『제주도연구』 19집, 2001; 정선태, 「표준어의 점령, 지역어의 내부식민지화―현기영의 『순이 삼촌』을 시점으로」, 『어문학논총』, 2008.

요에도 입에서 입으로 전해진 구술의 전수는 놀라웠다. 그 놀라운 전승에 대해서 민속학자 김성례는 제주굿에서 행해지는 심방들의 '영게 울림'은 원혼들의 기억이라고 말한 바 있다.[3] 오랜 시간을 견디며 다져졌던 입말의 지층을 제주의 언어가 아니면, 무엇으로 전달할 수 있을까.

단호한 직선이 아니라 "바람이 일러준 대로", "구름이 빚어준 대로"(「새철 드는 날」) 살아가는 것이 제주 사람들의 순리라고 여겼던 시인의 관심이 제주의 말에 가닿은 것은 어찌 보면 당연한 일인지 모른다. 누군가는 그것이 자족적인 언어에 갇히고 마는 것이라고 말할 수도 있겠지만 "머문다고" 고여 있는 것이 아니고, "멈춘다고/ 굴복이 아니"듯이(「떠도는 섬」) 제주의 입말들이 제주라는 기억에만 매몰되는 것도 아니다. 그것은 매몰이 아니라 충만이며 범람이다. "오도낫이/ 이신 사름/ 밀껑이/ 거셔가민", "와들랑/ 뒷사불주"(「저항」)라고 할 때 "뒷사불주"는 '저항'이라는 표준어의 세계가 담아내지 못하는 의미로 충만해진다. 표준어의 외부에 분명히 존재하지만, 표준어의 눈과 귀로는 듣지도

---

3) 김성례, 「폭력의 역사적 담론 : 제주무교」, 『한국 무교의 문화인류학』, 소나무, 2018.

보지도 못하는 '말들의 범람', 그 시끌벅적한 소란이 "뒷사불주"라는 말에 담겨 있다.

「그릅서, 가게마씀」은 이러한 '말들의 범람'이 무엇을 위한 시도인지를 잘 보여준다. 시는 처음에 죽은 자들의 사연을 풀어놓으면서 시작한다.

"이래덜 오십서/ 안자리에 앉으십서/ 다랑곳 더렁굴에서/ 징준이 함박굴에서/ 너븐드르 방일리에서/ 새비리 모롬에서"

제주 땅 곳곳 학살 터 아닌 곳이 없다. "한날한시에/ 죽지도" 못하고 "이래 돌악/ 저래 곱악", 숨어 다니다 죽은 줄도 모르고 죽은 영혼이 한둘이 아니었다. 어떤 이들은 육지 형무소로 끌려가 되돌아오지 못했다. 바다에 빠뜨려 죽임을 당한 사람들도 있었다. 살았는지 죽었는지 소식 한 자 없는 불귀의 원통함도 있었다. 자기가 태어난 땅, "태 솔아분 디서도 못 죽"은 삶이었고, 낯선 "육지더래 실러불곡", 무정한 파도만 드센 "바당에 드르쳐불엉" 죽임을 당한 시간이었다. 그 모든 죽음들을 청하며 시인은 "이제사 오십셴 청허염시매", "도 뜻헌한 안자리로 오십서"라고 말한다. 70년이 넘어 불러보는 이름들이니 오죽이나 할까. 죽은 이들의 한도 산이고, 산 아래 삶도 한이 되어버린 세월이었다. 그들을 부르고, 청하는 데 "이래덜 오십서/ 안자리에 앉으십서"라고 하는 것만큼 안성맞춤이 있을까.

"그릅서, 이디서 몽케지 말앙/ 그릅서"라고 할 때 말하는 이의 바람은 죽은 자의 세계로 향한다. '갑시다, 여기서 우두커니 있지 말고 갑시다'. 죽은 이들에 건네는 그 말은 "일흔 해, 여든 해/ 백년이 보디어가도", "아직도 눈곰지 못헌" 원혼들을 만나기 위한 이승의 주문이다. 보이지 않는 과거가 아니라 여전히 살아 숨 쉬는 시간을 만드는 말이자, 들리지 않는 어제를 생생한 오늘로 들으려는 시끌벅적한 소란이다.

그 요란한 범람은 시집의 3부에서 유감없이 나타난다. 처음 시집을 펼치는 이들에게는 지금은 사라진 '아래아'의 등장이 낯설기만 하다. 가뜩이나 난독을 감수해야 하는데 없어진 표기의 등장이라니. 표준어의 세계로 수렴되지 않는 제주어의 특징 중 하나가 바로 '아래아'의 여전한 사용이다. 'ㅏ'와 'ㅓ'의 중간쯤 되는 발음을 지금도 어렵지 않게 들을 수 있다. 그 독해의 낯섦을 감수하면서도 생경한 표기를 쓰고, 쓸 수밖에 없는 것은 표준어로는 말할 수 없는 말들이 있기 때문이다. 넘치는 충만이자, 담을 수 없는 범람이 여전히 남아 있기 때문이다.

"푸더지곡/ 다대경/ 헐리난디/ 코~ 오/ 햄시매/ 붕물지 말앙/ 오고생이/ 나사불라 이?"(「비념」)라는 말은

'넘어지고/ 부딪치고/ 상처난 자리에/ 코오 하고 입김/ 불었으니/ 덧나지 말고/ 그대로 나아라'라는 말과 얼마나 다른가. "푸더지곡"과 '넘어지고'의 사이는 또 얼마나 먼가. "붕물지 말앙"과 '덧나지 말고'는 또 어떤가. 뜻은 통하되 의미는 다르고, 의미는 통하되 뜻이 미끄러지는, 그 무한한 차이와 지연. 그것은 충만한 넘침과 범람으로 소란스러운, 말의 바깥을 향한 운동이다. '기름 장수 똥구멍'과 '엿장수 똥구멍'이 아니라 "지름 장시 또꼬망"과 "엿장시 또꼬망"이어야 "맨질맨질"과 "푸달푸달"(「엿, 먹다」)의 부사가 온전히 연결될 수 있다. 그것은 우연이 아니라 연유가 분명한 단어의 조합이었다. 오랜 시간 제주를 살아낸 사람들이 땅에 기대 써 내려간 표제어들이었다.

제주 땅에 새겨진 사전을 곱씹으면서 시인은 3부의 시편들을 이어간다. 이해 불가한 난수표 같은 시어들일 수도 있지만, 거듭 읽어보면 의미가 드러난다. 한지를 덧대어 붓으로 그림을 그려내듯 단단한 표준어의 세계를 부드럽게 부풀리는 제주어의 맛을 느낄 수 있다. 그 의미를 오롯이 알기 위해서는 눈으로 읽어서는 안 된다. 소리로 읽어내야 한다. 몸에 가득 고이는 소리의 충만을 배속 깊이 담아내야 된다. 그렇게 몸 안에 오래 두고 궁굴릴 때 요란한 제주의 말들이 들리는 법이다.

따지고 보면 오랫동안 표준어의 세계는 묵묵부답이었다. 시끌벅적한 외침과 비명으로 가득했던 제주의 말을 외면했던 침묵이었다. 제주는 혼자서라도 소리쳤다. 아무도 알아듣는 사람이 없어도, 때로는 알 수 없는 악다구니라고 구박을 받아도, 소리치고, 또 소리쳤다. 표준어의 세계로는 다 담을 수 없는 그 요란한 말들이 결국 어제를 잊지 않게 만드는 힘이었다. 땅을 닮은 말, 바다를 품은 말, 땅의 문장과 바람의 말들이 제주의 말들이었고 제주의 기억이었다. 땅과 바다가 낳고 기른 문장들을 깎고 다듬고 만든 것이 제주의 노래였다. 바람의 노래를 듣듯 바람의 문장을 읽을 수 있다면, 제주 땅에 새겨진 시간을 읽어갈 수 있으리라.

그릅서, 가게마씀

시인과는 인연이 깊다. '마농지에 소주 한잔'이 수백 잔이 된 지 오래다. "지만 몬여 가켄/ 놉드지 말곡", "혼디 글라".(「글라」) '자기만 먼저 가겠다고 나서지 말고 같이 가자'는 말이다. 그 부드러운 청유형이 시인과 오랜 시간을 함께할 수 있었던 힘이었다. 비겁한 타협이 아니라 단호하지만 부드러운 함께의 마음이었다. 힘들면 쉬면서, 혼자서 어려우면 여럿의 손을 빌려서라도 천천히 그러나 끝내 가닿자는 권유였다. 그러고 보니 시인은 대학 시절 '신세대'라는 문학 동아리부터 시작해서 지금까지, 빠르지는 않았지만 멈추지 않았다. 지금은 믿기지 않을 정도로 몸매가 날렵해서 '날으는 생이꽝', '날아다니는 새의 뼈'처럼 말랐던 때도 있었다고 한다. 그때부터 후덕해진 오늘까지 그는 매일 조금씩 나아가고 있는 중이다. 그 작은 진전을 옆에서 지켜볼 것이다. 지칠 때도 있을 것이다. 그럴 때면 '글라'라고 말해주던 그 시절의 시인처럼, '그릅서, 가게마씀' 하고 말해줄 참이다. 시인의 건필을 빈다.

삶
창
시
선